Stories of
Mexico's Independence Days
and Other
Bilingual Children's Fables

Stories of
Mexico's Independence Days
and Other
Bilingual Children's Fables

Edited by

Eliseo "Cheo" Torres and

Timothy L. Sawyer, Jr.

Illustrations by

Herman Ramirez

UNIVERSITY OF NEW MEXICO PRESS | ALBUQUERQUE

PRINTED IN THE UNITED STATES OF AMERICA

09   08   07   06   05   1   2   3   4   5

Library of Congress Cataloging-in-Publication Data

Stories of Mexico's independence days and other bilingual children's fables / edited by Eliseo Torres

and Timothy L. Sawyer, Jr. ; illustrations by Herman Ramirez.

p.   cm.

Summary: A collection of six stories reflecting the history or culture of Mexico,

presented in both English and Spanish, each of which is followed by questions and activities.

ISBN 0-8263-3886-0 (pbk. : alk. paper)

1. Children's stories, Mexican. [1. Mexico—Fiction.   2. Short stories.

3. Spanish language materials—Bilingual.]   I. Torres, Eliseo.

II. Sawyer, Timothy L. (Timothy Leighton), 1961–   III. Ramirez, Herman, ill.

PZ71.S76 2005

[Fic]—dc22

2005009277

DESIGN AND COMPOSITION: Melissa Tandysh

Contents

Foreword / Prefacio by Eliseo Torres   vii

The Little General—A Story about the Fifth of May   1
El pequeño general—Una historia sobre el 5 de Mayo   7

Sixteen—A Story about Mexico's Independence Day   13
Dieciséis—Una historia sobre el 16 de Septiembre   18

Sweetie, the Lion that Thought He Was a Sheep   23
Sweetie, el león que se creía borreguito   28

A Parrot for Christmas   33
Un loro para Navidad   36

Orlando the Circus Bear   39
Orlando el oso de circo   44

A Horse Called "Miracle"   49
Un caballo llamado "Milagro"   55

Foreword

A FEW YEARS AGO, I was fortunate to help my good friend and mentor Dr. Juan Sauvageau edit these bilingual children's stories. Back then, I narrated an audiovisual companion to the Spanish version of this book and assisted in the book's production. The original stories were published by two other dear friends, Joe and Lois Kelley. I would like to thank the late Joe Kelley and his widow, Lois Kelley, for their wonderful support over the years for their many bilingual publications that have enriched the lives of Latinos throughout the country.

This children's book tells the stories of two of the most important holidays for people of Mexican and Mexican American heritage. These are historical tales about heroic and important events, as well as entertaining stories with a moral message.

Special historical events for children to learn to appreciate and enjoy are the themes of "Sixteen" and "The Little General." September Sixteenth, *16 de Septiembre* in Spanish, is Mexico's Independence Day. "The Little General" tells the story of the Fifth of May, *5 de Mayo* in Spanish—A Mexican national holiday celebrating a long-ago military victory. The historical background of each of these important dates in Mexican history is related in these easy-to-understand stories. Some characters in the stories are fictional, but the historical details are true.

The four other stories about children and animals are presented with moral themes. The delightful illustrations bring the characters alive, and will help draw young readers into the narratives.

—Eliseo "Cheo" Torres

Prefacio

HACE UNOS CUANTOS años que tuve la buena fortuna de colaborar con mi buen amigo Juan Sauvageau para editar estos libros infantiles. Estos cuentos originales fueron publicados por mis buenos amigos Joe y Lois Kelley. Les doy las gracias a mi amigo Joe y a su viuda, Lois Kelley, por apoyar y editar muchas publicaciones bilingües que han enriquecido la vida de muchos latinos.

Este libro para niños contiene temas heróicos y eventos importantes, incluyendo historias que divierten y que contienen mensajes morales.

Los temas del "Dieciséis" y "El pequeño general" tratan de eventos históricos y especiales. El "Dieciséis" es la fecha cuando México celebra su Independencia. En cuanto, "El pequeño general" es una historia que trata de la celebración del 5 de Mayo, y esta fecha reconoce una victoria militar. La historia de cada una de estas fechas, que tienen un gran significado en México, se presentan en una forma muy sencilla para que los niños las entiendan. Algunos de los personajes no son verdaderos, pero los detalles históricos sí lo son.

Las otras cuatro historias, tratan de niños y animales, presentan temas morales. Los preciosos dibujos le dan vida a los personajes y animan a los niños a observar los detalles de las historias a través de las ilustraciones.

—Eliseo "Cheo" Torres

The Little General

A STORY ABOUT THE FIFTH OF MAY

MANUEL LIVED IN the small village of Zacatepec, between Puebla and Jalapa. The young boy had only one ambition in life: to become a soldier, and not only to become a soldier, but an officer, yes, and why not a general?

This dream started when he was about ten. He found a soldier's cap along the road. He remembered his grandfather's old uniform. Now he needed a sword. And how about decorations? He put strings through the holes in old buttons and pinned them on the old uniform.

One evening, his father, who was the only teacher in Zacatepec, brought very exciting news.

"I heard from some friends who just came from Mexico City that our country is at war. A battle may take place close to Zacatepec."

"What's happening, Dad? Who is fighting?"

"Our Mexican army against the French army. The way I understand it, Mexico owes lots of money to France. Their Emperor, Louis Napoleon Bonaparte III, has decided to send his soldiers to collect in person."

"Where are the soldiers now?"

"They landed in Veracruz a few days ago and are marching toward Mexico City. They are apparently following the same route Hernán Cortéz took. They should pass a few kilometers from Zacatepec. But since they are bringing heavy artillery with them, they must be going very slowly; I imagine they are barely out of Veracruz."

"And our army, Dad, where is it now?"

"My friends tell me they saw a battalion leaving Mexico City about three days ago. They are marching fast; they want to fight as far away from the capital as possible. If this battalion can not stop the Frenchmen, at least our president, Benito Juarez, will have time to form new troops."

Manuel went to bed that evening so excited he could hardly sleep. At the crack of dawn, Manuel got on his mule Cabezuda ("Zuda" for short). He started on the road to Jalapa.

Less than an hour down the road he heard the sounds of drums and bugles. From the top of a hill, he could see the French army coming. There must have been a thousand horses and the army was marching much faster than his dad had thought. They had heavy cannons, true, but teams of eight horses were pulling them, apparently without effort.

The Mexican soldiers thought their enemies were still a few days' march away—only a few kilometers from Veracruz. They would be caught by surprise if they did not know how close the French soldiers really were.

Manuel made up his mind right there and then he would hurry and tell the Mexican general what he had seen. He turned Zuda around and hurried in the direction of Mexico City. If only Zuda would not have one of her fits of stubbornness!

He rode as quickly as possible, until suddenly he found himself at the edge of the Mexican army camp. The soldiers were taking a well deserved rest after hours of marching.

Manuel ran toward the sentinel, shouting, "Where is the general? It's a matter of life and death!"

The guard entered a small white tent and said: "My General, there's a young man here who insists he has something very important to tell you."

"Bring him in."

"My General," said Manuel, "you and your soldiers are in grave danger! The French army is going much faster than you think! I saw them myself this morning!"

"Come on, child. With the heavy equipment they are carrying, they still have to be close to Veracruz!"

"I swear to you by the Virgin of Guadalupe! I saw them earlier today. I hurried to come and tell you about it. It's true they have heavy artillery, but they have teams of big horses pulling the cannons. Most of the soldiers are on horseback!"

The general suddenly understood how serious the situation was. His expression changed.

Before General Zaragoza could leave the tent, Manuel added, "I know I'm just a little kid, but may I make a suggestion? Not far from here, three kilometers maybe, the road narrows almost to a path. There is a deep ravine on one side and high rock wall on the other. The French will be coming up a steep hill that opens up on a horseshoe-shaped plateau. If you could set your soldiers as well as your artillery at the edge of the plateau, it will give you a definite advantage!"

General Zaragoza smiled approvingly. "Which military school did you graduate from, young man? Let's hurry now!"

He came out of the tent, barking orders in all directions at once and ordering scouts to lead the way. In just a few minutes, the battalion was marching and the cannons were rolling.

The general found the location just as Manuel had described it to him. Yes, from that position the cards were definitely stacked in his favor. They barely had time to secure the cannons in place and to take their respective positions for the battle, when they heard the sounds of drums and bugles.

Certain of the superiority of their equipment, the French soldiers were marching with confidence and singing, anxious to meet the Mexican army and have it all over with. They would go into Mexico City victorious and loaded with spoils.

At the sight of the narrow pass, the officers were forced to break ranks and to let their soldiers climb the hill as best they could.

General Zaragoza waited for the French soldiers to be halfway up the hill before opening fire. Suddenly the deafening sound of cannons and rifles filled the canyon. Caught in that narrow path, the French were unable to make a plan of battle. Men, horses, and equipment were rolling down the hill. Two of the big cannons started to roll backward, crushing hundreds on the rocky walls, sending others down the deep ravine. The French officer in charge sounded the retreat, while the Mexican soldiers came down the hill.

It was one of the great days in Mexican history—the Fifth of May, 1862, the day on which the Mexican army won a glorious and decisive victory over the intruders from France.

During the battle, Manuel had climbed the side of the mountain, far enough away to be out of danger, yet close enough to see what was happening. Now as the battle ended Manuel was out in the open, clapping his hands and shouting, "Viva Mexico!"

General Zaragoza saw him up there and called to him to come down. Manuel was received like a hero among the soldiers.

"We owe a lot to this young man. This victory is yours. I will tell President Juarez that you came and warned us, and that you told me about the narrow pass. Whenever you decide to go to the Officer's School, I will personally see that you are accepted."

The soldiers burst into applause and "Vivas"!

"And Manuel," he added, "it's time to replace these old medals of yours with a real one."

He took one of the medals that were hanging on his chest and pinned it on Manuel's old uniform. "If it were up to me, young man, I would make you a general this very day."

The Fifth of May is a patriotic holiday for all people of Mexican heritage—a reminder of the day long ago when General Zaragoza, perhaps with the help of a little general, defeated the much larger army from France.

Questions

1. What news did Manuel's father have to tell his family?
2. Why did the French army come to Mexico?
3. What city in Mexico was the port where the French soldiers landed?
4. Did Manuel take the right action by telling General Zaragoza the French army was coming so fast?
5. Which army won the battle at Jalapa—the Mexican or the French?

Activities

1. Look up the story of Cortéz and the conquest of Mexico by the Spanish. Even for very young children this is a very interesting story. The French army came over the mountains on the same path that Cortéz took on his way to Mexico City hundreds of years earlier.
2. Learn how the French people influenced Mexico. They brought music and a new style of building to Mexico. They settled the area around Guadalajara.
3. Drew some mountains with soldiers in a battle.
4. Invite a Hispanic/Latino person to your class to talk about Cinco de Mayo.
5. Locate the city of Veracruz on a map of Mexico. This was the first city founded by the Spanish in the year 1519.

El pequeño general

UNA HISTORIA SOBRE EL 5 DE MAYO

MANUEL VIVÍA EN el pequeño pueblo de Zacatepec, entre Puebla y Jalapa. El muchacho tenía sólo una ambición en la vida: llegar a ser soldado, oficial, y ¿por qué no?, un general.

Aquel sueño empezó cuando tenía diez años. Se encontró una cachucha de soldado al lado del camino. Se acordó del uniforme militar de su abuelito. Necesitaba una espada y también decoraciones. Puso unos hilos por los agujeros de botones viejos y los colocó sobre el uniforme.

Una tarde, su papá, quien era el único maestro en Zacatepec, trajo noticias muy emocionantes.

"Oí decir a algunos amigos que llegaron de la capital de México, que nuestro país está en guerra. Puede ser que una batalla tenga lugar cerca de Zacatepec."

"¿Qué está pasando, papá?" preguntó el muchacho. "¿Quién está peleando?"

"Nuestro ejército mexicano en contra del ejército francés. La manera en que entiendo eso, es que México debe mucho dinero a Francia. Parece que su rey, quien llaman el Emperador Luis Napoléon Bonaparte, decidió mandar a sus propios soldados a cobrar el dinero."

"¿Dónde están los soldados ahora?"

"Llegaron a Veracruz hace algunos días y están en marcha hacia la capital de México. Están siguiendo, aparentemente, la misma ruta que siguió Hernán Cortéz. Deben pasar a algunos kilómetros de Zacatepec. Pero como están trayendo artillería pesada deben de estar avanzando muy despacio. Me imagino que están apenas saliendo de Veracruz."

"¿Y nuestro ejército dónde está?"

"Mis amigos me dijeron que vieron un batallón salir de la capital hace tres días. Están avanzando rápido; quieren pelear tan lejos de la capital como sea posible. Si este batallón no puede parar a los franceses, por lo menos nuestro presidente, Benito Juárez, tendrá tiempo de formar otras tropas."

Manuel se fue a acostar aquella noche tan excitado que apenas si pudo dormir. Al amanecer, Manuel subió en su mula, Cabezuda, y empezó su viaje hacia Jalapa. A menos de una hora de camino oyó el sonido de tambores y cornetas. Desde arriba de una loma, podía ver al ejército francés que venía.¡Cuántos caballos tenían! El ejército venía marchando mucho más rápido de lo que su papá había pensado. Traían cañones pesados, cierto, pero equipos de ocho caballos los jalaban aparentemente sin esfuerzo. ¡Alcanzarían al ejército mexicano bien pronto!

¿Podrían ser atacados por sorpresa los soldados mexicanos si no sabían qué tan cerca realmente estaban los soldados franceses?

Manuel decidió allí mismo. Iba a apurarse a decirle al general mexicano lo que había visto. Volvió a Cabezuda en la dirección de la ciudad de México. ¡Ojalá que Cabezuda no se ponga terca!

Los soldados mexicanos estaban tomando un descanso bien merecido, después de horas de marchar. Manuel corrió hacia el centinela, gritando, "¿Dónde está el general? ¡Es cosa de vida y muerte!"

El guardia entró a una carpita blanca y dijo, "Mi general, hay un muchacho aquí que insiste que tiene algo muy importante que decirle."

"Bueno, que pase."

"Mi general," dijo Manuel, "usted y sus soldados están en peligro grave. El ejército francés está avanzando mucho más aprisa de lo que ustedes creen. Yo mismo los he visto esta mañana muy temprano."

"Pero, chico, con el equipo pesado que están llevando, deben de estar cerca de Veracruz todavía."

"Juro por la Virgen de Guadalupe que los he visto hoy mismo. Es verdad que tienen artillería pesada pero tienen equipos de caballos grandes que los están jalando a toda velocidad. La mayor parte de los soldados van a caballo."

El general de repente entendió que de verdad había peligro.

Antes que saliera el general Zaragoza de su carpa, Manuel añadió, "Sé que soy nada más un muchacho, pero, ¿me permitiría usted que hiciera una sugerencia? Cerca de aquí a tres kilómetros, quizás, el camino es muy estrecho, casi cambia en sendero. Hay un precipicio de un lado y piedras grandes al otro lado. Los franceses van a estar subiendo, porque hay una loma muy alta que subir. Si usted pudiera colocar a sus soldados arriba de la loma esto les daría a ustedes una gran ventaja."

El general sonrió, muy satisfecho de lo que había dicho Manuel. "¿De cuál escuela militar te graduaste, chico? ¡Vámonos!"

Algunos minutos después el ejército mexicano estaba en marcha. Salió el general de la carpa gritando órdenes a sus soldados. En minutos el batallón marchaba, rodando los cañones.

El general encontró el lugar justo como Manuel lo había descrito. Sí, de veras, puestos así encima de la loma, tenían una verdadera ventaja.

Apenas tuvieron tiempo de arreglarse, de colocar los cañones y de poner a los soldados en sus puestos, cuando oyeron los tambores y las cornetas. Seguros de que podían vencer a cualquier ejército, los franceses venían marchando con confianza y cantando; tenían ganas de encontrarse con el ejército mexicano y aplastarlo con sus cañones. Entonces nada más les quedaría volver a casa victoriosos y repartir los tesoros robados.

Cuando llegaron al sendero al lado de la montaña, los soldados tuvieron que subirse como podían, de dos en dos. El general Zaragoza se esperó hasta que llegaran a la mitad de la loma antes de empezar el fuego. De repente se oyeron los sonidos de los cañones y de las carabinas. Sorprendidos en el sendero estrecho, los franceses no se podían defender.

Los hombres, los caballos, y el equipaje iban rodando por la loma. Dos de los cañones grandes empezaron a rodar también, aplastando a centenares de soldados contra la pared de piedra, mientras, otros se caían en la barranca. Los franceses tuvieron que tocar la retirada, mientras los mexicanos se bajaban de las lomas corriendo detrás de ellos.

Fue uno de los días más gloriosos en la historia de México, el 5 de Mayo de 1862, el día en que el ejército mexicano ganó la victoria sobre los franceses que invadían su país.

Durante la batalla, Manuel se había subido al lado de la montaña, bastante lejos para estar fuera de peligro, pero bastante cerca para verlo todo. Ya Manuel se había salido de entre los árboles donde se había escondido y estaba aplaudiendo y gritando—"¡Viva México!"

El general lo vio allá arriba y le dijo que se bajara. Los soldados recibieron a Manuel como a un héroe.

"Te debemos mucho, muchacho," le dijo el general, dándole un fuerte abrazo.

"Esta victoria es tuya. Le voy a decir al presidente Juárez que tú fuiste quien nos avisaste de la venida repentina de los franceses y que fuiste tú quien nos habló del sendero estrecho al lado de la montaña.

¡Mira! Cuando tú decidas ir a la Escuela para Oficiales del Ejército, yo personalmente te recomendaré."

Los soldados aplaudieron con toda su fuerza, gritando, "¡Viva! ¡Viva!"

"Y, Manuel," añadió el general, "ya es tiempo de reemplazar esas medallas viejas que tienes en el pecho con una medalla verdadera." Al decir esto, se quitó una de las medallas que tenía él sobre el pecho y la colgó sobre el uniforme viejo de Manuel.

"Si me tocara a mí, muchacho, te nombraría general hoy mismo."

El 5 de Mayo es un día patriótico para todos los de herencia mexicana. Este es un recuerdo de ese día, hace muchos años, cuando el general Zaragoza, con la ayuda de un pequeño general, derrotó al gran ejército francés.

Preguntas

1. ¿Qué noticias les iba a dar el papá de Manuel a la familia?
2. ¿Por qué vino el ejército francés a México?
3. ¿En cuál ciudad de México está el puerto donde los soldados franceses llegaron?
4. ¿Creen que Manuel reaccionó bien cuando avisó al general Zaragosa que el ejército francés venía rápidamente?
5. ¿Cuál ejército ganó la batalla de Jalapa—el mexicano o el francés?

Actividades

1. Lean la historia de Cortéz y la conquista de México. Aún para niños pequeños esta historia es muy interesante. El ejército francés pasó sobre las montañas por el mismo rumbo que Cortéz tomó en su viaje a la Ciudad de México cientos de años antes.
2. Aprendan cómo influenciaron los franceses a México. Ellos trajeron música y un estilo de arquitectura nueva a México. Se establecieron en el área alrededor de Guadalajara.
3. Dibujen unas montañas con soldados en una batalla.
4. Invite a una persona hispana a su clase para que presente una plática sobre el 5 de Mayo.
5. Encuentre la ciudad de Veracruz en el mapa de México. Fue la primera ciudad fundada por los españoles en México en el año 1519.

Sixteen

A STORY ABOUT MEXICO'S INDEPENDENCE DAY

THERE IS AN old bench next to the cactus fence near the town of Tampico, Mexico. Whenever Grandpa sits there, under the mango tree, Paquito knows it's story time. Paquito comes running and cuddles up to his grandfather.

"Grandpa," he asks, "will you tell me a story about the Sixteenth of September? Tomorrow the teacher wants everyone in the class to tell something interesting about the Sixteenth."

"Yes, I will, little one. You may have heard the story of the Spanish priest Father Miguel Hidalgo, who led poor Mexican farmers and peasants against their Spanish oppressors.

"On Sunday, September 15, 1810, just before midnight, his followers, armed only with pitchforks and wooden sticks, flocked to Father Hidalgo's church in the little town of Dolores. He signaled to the people to join in the revolt by the ringing of the church bells. Raising the cry for freedom, the ragged mob marched through the night with him. They went on through San Miguel, Celaya, and Guanajuato.

"Eventually the Spanish troops forced Father Hidalgo and his followers to retreat. Weeks later Father Hidalgo was captured and executed, but September Sixteenth marked the beginning of Mexico's fight for independence.

"Now each year in every town in Mexico and around the world wherever people of Mexican heritage gather, a celebration takes place at eleven o'clock at night on September fifteenth with the unfurling of the Mexican flag, the ringing of the church bells, and the shout of 'Mexico! Viva Mexico!' by all who can crowd into the main plaza. On September Sixteenth parades and holiday celebrations are held throughout Mexico.

"But I have another story about the Sixteenth you've never heard before. Do you know, Paquito, that many years ago, I had a dog named Sixteen?"

"Why did you call him Sixteen, Grandpa?"

"Well, it all began many years ago, on a Sixteenth of September . . . a long time ago, but it seems like yesterday. I was fourteen years old then. That morning I walked into the woods by myself, and as always I took my .22 rifle with me, just in case. I followed the narrow path through the woods. From far away, I heard strange barking noises, the cries of wounded animals. It all seemed to be coming from the top of the mountain.

"I hurried to climb the mountain, anxious to know what this was all about. Could it be a fight between two mountain lions? Upon reaching the crest of the mountain, I could see something very strange indeed. It was not a battle between two mountain lions! It was fight between a big ferocious wolf and a scruffy, mangy, skinny dog . . . very likely a dog lost in the woods who had not had a meal for days.

"Paquito, you have never seen that much courage in all of your life. The wolf was twice as big as the puny dog. But the dog was putting up a good fight . . . as if he had said to itself, 'I can't win but you're going to pay dearly.' The little dog, with wounds on his legs and shoulder, twisted and turned; he managed to bite the wolf, and he barked as loud as he could, trying to impress the big wolf. I couldn't believe the raw courage of that small dog, which refused to give up without making the wolf pay for his victory.

"Right then I fell in love with that little dog. I got my .22 ready. But the two animals were turning and twisting so much, I couldn't shoot for fear of hitting the dog instead of the wolf.

"The wolf bit the dog on the back, shook him violently all around, then dropped him . . . it stood on its big hind legs, ready to pounce on the defenseless dog. That's the moment I was waiting for. I took aim with my rifle. I hit the wolf right in the heart . . . two or three more shots, just to make sure. The wolf fell dead next to the dog.

"I rushed toward the dog. He was still alive. He looked at me with eyes that seemed to say: 'Thank you.' I carried him to my house. We took good care of him. We fed him and put medicine on his wounds. Within a few days he was in better shape than ever. From that day on the dog followed me everywhere, and he slept next to my bed. He was my dog! I called him Sixteen, because I found him on the Sixteenth of September, and because of his courage.

"He made me think of my ancestors who fought so bravely for Mexico's independence from Spain so many years ago. They, like Sixteen, fought against enemies that were bigger and more powerful. My ancestors finally won because they did not give up. They had courage!"

"Thanks a lot, Grandpa," said Paquito with enthusiasm. "That is a good story to tell my class. Tomorrow, on the Sixteenth, I think I'll go into the woods and maybe I can be lucky like you and find a dog."

"You don't have to go into the woods, little one. I told you that story about my dog Sixteen to put you in the mood for a gift I have for you."

"A gift, Grandpa! What a surprise! What is it?"

The grandfather called to his wife, "Linda, bring Paquito's gift! Let's see if he likes it!"

Paquito's grandmother came out of the house carrying a little brown dog that looked like it was made of wool. It had a tiny rose-colored tongue and a small tail that wagged furiously from one side to the other.

Paquito jumped up from the bench and ran toward his grandmother, shouting for joy. Cuddling the dog, he said, "What a beautiful dog! It's mine, all mine!"

He thanked his grandparents at least twenty times. "What are you going to name your dog, Paquito?" asked the grandfather.

"I don't know yet, Grandpa. I can't call it Sixteen because it has not shown its courage yet." But Paquito added with a twinkle in his eye, "I might call him Fifteen!"

Questions

1. Where did Paquito and his grandfather live?
2. Why did the peasants want to gain their independence from Spain?
3. How did Father Hidalgo let the people know it was time to revolt?
4. How do Mexican people celebrate the Sixteenth of September now?
5. What other possibilities can you think of for naming Paquito's dog?

Activities

1. Find Mexico on a map or globe, and then find Tampico.
2. Look up a picture of the Mexican flag and draw your own picture of it.
3. Make a class poster of Mexican Independence showing Father Hidalgo, a church bell, a battle, and the flag.
4. Invite persons of Mexican heritage to come visit your class and talk to the class about a "Sixteenth" celebration in which they have participated.

Dieciséis

UNA HISTORIA SOBRE EL 16 DE SEPTIEMBRE

HABÍA UN BANCO viejo al lado de la cerca de nopales. Cuando el abuelito se sentaba allí bajo el árbol de mangos, Paquito sabía que era la hora de las historias. Paquito fue corriendo y se sentó bien cerquita de su abuelito.

"Abuelito," le dijo el niño, "¿tienes una historia para el 16 de Septiembre? Mañana el maestro quiere que contemos una historia en la clase sobre el dieciséis."

"Sí, tengo una, hijito. Recuerdo la historia del sacerdote, el Padre Miguel Hidalgo, quien dirigió a los pobres rancheros y campesinos en contra de los españoles.

"El 15 de septiembre de 1810, un domingo, antes de medianoche, la gente se reunió al oír las campanas de la iglesia. Los hombres armados sólo con palos acompañaron al cura Hidalgo. Fue el principio de la revolución. Pegando el Grito de la Independencia, marchó el Padre Hidalgo con los hombres toda la noche. Pasaron por San Miguel, Celaya, hasta llegar a Guanajuato.

"Con tiempo las tropas españolas forzaron a Hidalgo y a sus soldados a retirarse. El Padre Hidalgo fue capturado y asesinado y la noche del 16 de Septiembre fue marcada como el principio de la revolución para la Independencia de México.

"Hoy día, en todos los pueblos de México y por todo el mundo donde se encuentran personas de herencia mexicana se hace una celebración la noche del 15 de septiembre a las once de la noche. En esta noche se honra la bandera mexicana, se tocan las campanas de la iglesia, y se grita en la plaza principal, ¡Viva México! ¡Viva!" El mero dieciséis hay celebraciones y fiestas por todo México.

"Pero yo tengo otra historia sobre el dieciséis que tú nunca has oído. ¿Sabes que por muchos años, tuve un perro que se llamaba Dieciséis?"

"¡Qué nombre tan curioso para un perro, dieciséis! ¿Por qué lo llamaste así?"

"Pues, hace muchísimos años, muchísimos años, sí, pero parece hoy. Tenía entonces catorce años. Aquella mañana me fui solo al monte para dar un paseo. Siempre llevaba mi carabina 22, por si acaso. Seguía el senderito entre las lomas, cuando a lo lejos oí unos ladridos, unos ruidos extraños, y unas quejas de animales heridos. Todo aquello venía de arriba de la montaña.

"Me subí encima de la montaña para ver lo que pasaba. ¿Sería un pleito entre dos leones del monte? No tenía intención de arrimarme mucho . . . nada más me arrimé para ver lo que estaba pasando."

"Al llegar encima de la montaña, ví una cosa muy extraña. No era pleito entre dos leones. Era un combate entre un lobo feroz y un pobre perrito flaco . . . por supuesto, un perrito que se había perdido en el monte y que no había comido por días. ¿Paquito, nunca has visto tanto valor en tu vida?

"El lobo era dos veces más grande y más fuerte que el perrito que no se dejaba. Es como si hubiera dicho—"no te puedo ganar pero te va costar caro." El perrito, con heridas en el hombro y en las patas, daba vueltas, mordiendo al lobo y echando gruñidos como para asustarlo. Te digo, Paquito, no podía creer el valor de ese perrito que había decidido no rendirse y de hacer pagar caro al lobo su victoria.

"Me cayó en gracia ese perrito. Levanté mi 22. Pero como los animales daban tantas vueltas, tenía miedo de darle al perrito en vez del lobo. El lobo agarró al perrito entre los dientes y lo sacudió de un lado a otro, lo soltó, y se levantó sobre las patas de atrás, para saltar, por última vez, sobre el perro sin defensa. Ese fue el momento que yo esperaba. Apunté mi carabina y le pegué al lobo en el mero corazón. Le di dos o tres tiros más para estar seguro. El lobo cayó muerto al lado del pobre perrito que apenas se movía.

"De pronto llegué al perrito. Estaba vivo todavía pero muy débil y perdiendo mucha sangre por las heridas. El perrito me miraba con ojos que parecian decirme—gracias."

"Lo cargué hasta mi casa. Lo cuidamos, le dimos de comer, le pusimos medicinas en las heridas, y a los pocos días, estaba mejor que nunca.

"Desde entonces me seguía por todas partes y dormía a mi lado. Era mi perro, le puse el nombre de Dieciséis porque lo hallé el 16 de Septiembre y también por su valor que me hacía pensar en los héroes de la revolución. Ellos también, como mi 16, pelearon contra enemigos más grandes y más poderosos y llegaron a ganar porque tenían valor."

"Gracias, abuelito," dijo Paquito con mucho ánimo. "¡Qué historia tan bonita! Mañana voy al monte, a ver si tengo suerte como tú y a ver si me hallo un perrito también. Sabes que hace mucho tiempo que quiero un perrito para mí."

"No tendrás que ir al monte, chiquito,"contestó el abuelo. "Te conté esta historia de mi perro Dieciséis para prepararte para el regalo que tu abuela y yo te queremos hacer."

—"¿Un regalo, abuelito? ¡Qué sorpresa! ¿Qué es?"

El abuelo llamó a su señora, "Linda, tráenos aquí el regalo de Paquito. A ver si le va a gustar."

La señora salió de la casa cargando un perrito gordito que parecía hecho de lana. Tenía un lengüita color de rosa y una colita blanca que movía de un lado a otro. Paquito brincó, dando un grito de alegría, y corrió hacia su abuela. Agarró al perrito y lo apretó con cariño.

Les dió las gracias a los abuelitos y dijo, "¡Que perrito tan bonito y es todo mío!"

"¿Como vas a llamarlo, Paquito?" preguntó el abuelo.

"No sé todavía, abuelito. No lo puedo llamar Dieciséis porque no ha enseñado su valor todavía . . ." Y añadió con una sonrisa, "Quizás le ponga Quince."

Preguntas

1. ¿Dónde vivían Paquito y su abuelito?
2. ¿Por qué querían los campesinos ganar su independencia de España?
3. ¿Cómo les avisó el Padre Hidalgo a la gente que era tiempo de rebelarse?
4. ¿Cómo celebran los mexicanos el 16 de Septiembre?
5. ¿Cuáles otros nombres se le puede dar al perrito de Paquito?

Actividades

1. Encuentre a México en el mapa o globo, también San Miguel, Celaya.
2. Usando un retrato de la bandera mexicana, diga a la clase que la dibuje.
3. Hagan un cartelón de la Independencia de México entre todos los alumnos de la clase. No dejen de incluir al Padre Hidalgo, una campana de la iglesia, una batalla, y la bandera mexicana.
4. Invite a su clase a personas de herencia mexicana para presentar una plática sobre el 16 de Septiembre en las cuales han participado.

Sweetie, The Lion That Thought He Was a Sheep

ALL THE ANIMALS in the forest and the fields were trembling! They were afraid something frightful was happening. The lions were roaring so loudly that the ground was shaking. No one had ever heard the lions roar that way before.

The rabbits gathered together in small groups, very much afraid. "What is happening to the lions?" asked one rabbit. "I have never heard such a deafening ROOOAR, ROOOAR, ROOOAR."

"It must be something serious," replied her friend. "Lions don't get excited without a reason. The last time I heard them roar like that was when their king died. Maybe that's what is happening again."

A parakeet that had stopped on a branch overlooking the rabbits said, "You are very mistaken. The lions are not sad because they have lost their king. They are angry because they think all the animals are laughing at them. They say that somewhere there is a meek and gentle lion who lives among the sheep and who does not roar like lions but goes BAA-BAA-BAA, like the sheep."

The parakeet was right. The lions had heard about their brother who tried to act like a sheep. At that very moment, lions from everywhere were gathering to decide what to do about this strange case.

The king spoke first. "I have called you here to talk about a very serious problem. Several animals have reported that in the province of Sorel there is a lion-sheep or sheep-lion. He is a disgrace to all of us. The animals are all laughing at us. We are supposed to be strong and fierce. Just thinking that somewhere there is a lion that goes BAA-BAA-BAA gives me goose pimples! What shall we do with this lion-sheep?"

The lions discussed the matter for a few minutes and decided that a lion that had become a sheep did not deserve to live. This shameful event would remain a dark spot in the history of the lions.

The younger lions were eager to go bring in the traitor, but one of the older lions asked to be heard first.

"A moment please!" he shouted, "I think that the fair thing to do would be to give him a choice between being a lion or being a sheep. We should send a delegation to him, to talk it over with him and hear his side of the matter." The idea was well received.

Two lions were chosen to go and talk to the sheep-lion.

The province of Sorel was quite far. The two lions had to climb mountains, cross rivers, and make their way through a terrible swamp.

They had no trouble finding the strange animal. They asked around and, of course, all the animals in the vicinity knew where the lion-sheep lived. All of them knew him and loved him.

When the two delegates arrived where the sheep were grazing, they did not see the strange lion. The sheep were not even frightened when they saw the two lions. They thought that all the lions were like the one that lived with them. The delegates told the queen of the flock they wanted to see the lion that lived with them.

"Oh, you want to talk to Sweetie!"

The two lions looked at one another. "Sweetie," what a name for a lion!

"Wait a minute," said the queen, "I will call him." Her powerful BAA-BAA-BAA reached the mountain. In a few minutes Sweetie appeared.

"What do you want of me, pretty Queen?" Sweetie asked. "You know that every time you call me I come immediately. BA-BA-BA."

The two lion delegates laughed and laughed.

"We were sent by the king of the lions," said one of the delegates. "We would like to know how you came to act and sound like a sheep. It's the first time that such a thing has ever happened."

"It's quite simple," replied Sweetie. "When I was little, my mother was killed and I was left by myself. The sheep adopted me, and I was raised by them. I learned their language and their ways. That explains how it happened; but I would not change my life for anything. BAA-BAA-BAA!"

"Are you sure that you don't want to be a real lion like us?" asked the other delegate. "You don't want to roam with us, to roar to the four winds and see others tremble in front of you?"

"I am very sure! I would rather that they love me instead of fear me!"

The two lions could not stand any more of this nonsense. They decided to return home as fast as possible.

They had been gone only a few minutes when a terrible storm began. The sheep began running in all directions. Sweetie was the only one that remained calm. He remembered a cave high on the side of the hill and led his friends the sheep into it.

At that moment, above the claps of thunder, Sweetie heard some tremendous roaring. It was a desperate call from the two lions. They were caught in the swamp and were about to drown.

Without losing a single moment, Sweetie ran toward the swamp. He arrived just in time. The lions had sunk up to their necks in the mud.

Sweetie hooked his two front paws under a big root and stretched himself as much as he could. He pointed his tail at the two lions. They grabbed it as tightly as they could. Then he pulled with all his might and succeeded in pulling them out of danger.

The two lions felt badly about laughing at Sweetie and for doubting his courage. They thanked him for risking his life for them. They once again headed for home and said goodbye to Sweetie with a series of ROOOAR, ROOOAR, ROOOARs.

Sweetie answered with a gentle "BAA-BAA-BAA."

This time Sweetie's BAA-BAA-BAA did not seem so strange.

Questions

1. Why are the lions worried about the other animals in the jungle?
2. On what continent do lions usually live?
3. Do lions and sheep usually live close to one another?
4. What is a group of lions called?
5. Did Sweetie hesitate when the two lions were in trouble?
6. What lesson did you learn from this story?

Activities

1. Find Africa on a globe or map.
2. Find out how many different kinds of animals live in the jungles of Africa.
3. Make up another story about lions and tell it to the class.
4. Find out what a lion's home is called and draw pictures of a lion family.

Sweetie, el león que se creía borreguito

TODOS LOS ANIMALES en la selva y en los campos estaban temblando; tenían miedo que algo terrible fuera a suceder. Los leones estaban gruñendo tan fuerte que daba miedo de veras. Nunca se les había oído gruñir tan fuerte.

Los conejitos se juntaban en grupos pequeños, bien asustados todos.

"¿Qué les está sucediendo a los leones?" preguntaba un conejito. "Nunca he oído unos GRUÑIDOS, GRUÑIDOS, GRUÑIDOS, como esos."

"Debe ser algo muy serio," contestó un amigo del conejo. "Los leones no se ponen nerviosos sin razón. La última vez que los oí gruñir así, fue cuando se les murió el rey. Tal vez sea lo que está pasando ahora."

Un periquito que se había parado sobre una rama donde estaban los conejos, decía, "Están bien equivocados. Los leones no están tristes porque perdieron a su rey. Están enojados porque creen que todos los otros animales se están riendo de ellos. Se dice que, en alguna parte, vive un león muy manso y muy dócil que vive entre los borregos. Dicen que este león no gruñe como los otros leones, sino hace BAA-BAA-BAA como los borreguitos."

El periquito tenía razón. Los leones habían oído hablar de su hermano que creían que era borrego. Precisamente en ese momento los leones se estaban juntando para decidir lo que se debería hacer con ese caso tan extraño. El rey habló primero. "Los he llamado para discutir un problema muy serio. Algunos animales me han reportado que en la provincia de Sorel hay un león-borrego o un borrego-león. Esto es terrible para todos nosotros. Los otros animales se están burlando de nosotros. Todos saben que somos feroces y fuertes. Nada más pensar que por allá hay un león que hace BAA-BAA-BAA como un borreguito me pone muy nervioso. ¿Qué debemos hacer con el león-borrego?"

Los leones discutieron el caso por algunos minutos y decidieron que un león que se ha hecho borrego no merecía vivir. Esta historia de un león-borrego se quedaría para siempre como una mancha en la historia de los leones.

Los leones más jóvenes tenían ganas de arreglar el caso. Querían matar al traidor inmediatamente. Pero uno de los leones más ancianos gritó, "¡Un momento por favor! Creo que lo justo sería darle la oportunidad a este animal de escoger entre ser un león o un borrego. Vamos a mandarle una delegación, y vamos a hablar con él y oír su historia." Les pareció buena idea a todos.

Escogieron a dos leones para que fueran a hablar con el león-borrego. La provincia de Sorel quedaba bastante lejos. Los leones tenían que subir montañas, cruzar ríos, y pasar por una terrible laguna lodosa.

Encontraron al animal extraño sin dificultad. Preguntaron por el león-borrego y todos los animales sabían donde vivía. Todos lo conocían y lo querían mucho. Cuando llegaron al lugar donde los borreguitos estaban, no veían al león extraño. Los borregos ni siquiera se asustaron cuando vieron a los dos leones porque pensaban que todos los leones eran mansos y dóciles como el león que vivía con ellos.

Los dos leones le dijeron a la reina del rebaño que querían ver al león que vivía con los borreguitos.

"¡Ah, ustedes quieren hablar con Sweetie!"

Los dos leones se miraron uno al otro. "Sweetie," ¡qué nombre tan curioso para un león!

"Esperen un momento," dijo la reina. "Lo voy a llamar." Unos BAA-BAA-BAAs muy fuertes llegaron hasta la montaña. Unos cuantos minutos después, Sweetie apareció.

"¿Qué quiere de mí, hermosa reina?" preguntó él. "Sabe que cada vez que me llama, vengo pronto. BAA-BAA-BAA."

Los dos leones delegados se carcajearon. "El rey de los leones nos ha mandado," dijo uno de los delegados. "Queremos saber por qué actúas y haces BAA-BAA-BAA como un borrego. Es la primera vez en la historia que tal cosa sucede."

"Es muy sencillo," contestó Sweetie. "Cuando estaba chiquito, mataron a mi mamá y me quedé solito. Los borregos me recogieron y me crié con ellos. Aprendí su manera de hablar y sus modos."

"Así se explica cómo todo aquello aconteció. Pero tú, como nosotros, naciste para ser feroz y fuerte, y tú pareces estar contento así manso y dócil."

"Soy el león más feliz de todo el mundo y no quiero cambiar mi vida por nada. BAA-BAA-BAA."

"¿Estás seguro que no quieres ser un león verdadero como nosotros?" preguntó el otro león. "¿No quieres gruñir a los cuatro vientos como nosotros y ver a todos los animales temblar enfrente de ti?"

"Estoy muy seguro. Me gusta más que me tengan amor y no que me tengan miedo."

Los dos leones ya no pudieron soportar más estas tonterías, y decidieron volver a casa.

Los borregos empezaron a correr por todas partes. Sweetie era el único que guardaba la calma. Se acordó de una cueva que había más arriba. Y él llevó a sus amigos los borregos allá para que estuvieran en seguridad.

En ese momento encima del trueno Sweetie oyó unos tremendos gruñidos. Los dos leones se encontraban en gran peligro y pedían auxilio. Estaban hundiéndose en la laguna lodosa y estaban ahogándose. Sin perder un momento, Sweetie corrió hacia la laguna lodosa. Llegó a tiempo. Los dos leones ya estaban hundidos hasta el pescuezo dentro del lodo. Sweetie ganchó una de sus patas de frente abajo de una gran raíz y se estiró lo más que pudo. Los leones agarraron la cola de Sweetie muy fuerte. Sweetie estiró y empujó con toda su fuerza y alcanzó a sacarlos del lodo.

Después los dos leones se sintieron mal de haberse reído de Sweetie y por haber dudado que él era valeroso. Le dieron las gracias por haber arriesgado su vida por ellos.

En seguida los leones salieron para su casa y le dijeron adiós a Sweetie con una serie de ROAR-ROAR-ROAR. Sweetie les contestó con un dulce BAA-BAA-BAA. Esta vez, los BAA-BAA-BAAs de Sweetie no les parecieron tan extraños.

Preguntas

1. ¿Por qué se preocupan los leones por los otros animales de la selva?
2. ¿En qué continente viven los leones?
3. ¿Viven los leones junto a los borregos?
4. ¿Como se llama un grupo de leones?
5. ¿Se tardó Sweetie cuando los leones estaban en peligro?
6. ¿Qué lección pueden aprender de esta historia?

Actividades

1. Encuentre el continente de Africa en el mapa o globo terráqueo.
2. Encuentre cuatro tipos de animales que viven en las selvas de Africa.
3. Escriba otra historia de leones.
4. Investigue como se llama el hogar de los leones y dibuje una familia de leones.

A Parrot for Christmas

ONCE UPON A time there was a teacher who was driving through the state of Nayarit in Mexico to learn more about the many kinds of tropical birds that live there. He got out of the car and walked down a path through the trees. He hoped he would get to see some of the beautiful birds of the area.

Suddenly, he was surrounded by a flock of parrots. The crackling, whistling, and chattering was deafening. It was like being caught in a flying rainbow of yellow, blue, and red feathers.

He drove on to the next little village of San Blas on the Pacific Coast. He stopped to eat at a small cafe. The owner of the cafe, Pablo Contreras, sat down to chat and the teacher told him about the parrots.

Pablo said, "These parrots are very important to us in San Blas. In fact, last year the parrots made the difference between a happy and a sad Christmas for our children."

Luis Rendon was the envy of all the children in San Blas the year before because of his pet parrot, Pepito. Pepito was the talk of the town. Pepito followed Luis wherever he went, either perched on his master's shoulder or fluttering about his head. The parrot even went to school every day. While the children were learning their

ABCs, Pepito learned his ABCs, too. Everyone would smile and clap as Pepito recited ABCDEFG while he and Luis went home from school.

Two days before Christmas disaster struck. Toward the end of the school day a flock of parrots flew by. It was too much for Pepito; he left Luis's shoulder and flew to join the others of his kind! Luis and all the other children were heartbroken.

Now, Christmastime is no time to be heartbroken, so the teacher planned a party for all the children, but nothing helped them get over their sadness about Pepito.

The teacher decided to help Luis and the other children find Pepito, and together they set out for the nearby jungle. Just a few minutes later, they met a man running toward them. He was very excited. He asked the teacher if some of his pupils were missing.

The teacher said, "No, but why do you ask, Sir?"

"Well, there must be a new school over there in the jungle, because I just heard a whole class of children reciting the alphabet!"

They all ran toward the jungle. They could hear the alphabet very clearly now—"ABCDEFG." Suddenly they came upon an amazing sight. The surrounding tree branches were full of parrots. There was Pepito, like a band director, leading the other parrots in reciting the alphabet.

Luis called to Pepito. The parrot flew down to his master's shoulder, pecking at his ear gently to show how happy he was to be with him again. The other parrots, imitating their new leader, Pepito, came down in a moment. All of a sudden each child had a parrot of his own just like Luis.

When the children came back to town they had the greatest Christmas party ever. The children sang Christmas songs and the parrots sang the only song they knew—"ABCDEFG."

Questions

1. Where did the parrots live?
2. Can parrots really be taught to speak?
3. What did Pepito learn in school?
4. Where did the children find Pepito?

Activities

1. Find the country of Mexico and the state of Nayarit on a map.
2. Find the lines on the map that tell us where the "tropics" are located.
3. Look up the different kinds of parrots and find out where they live in other parts of the world.
4. Tell how to teach a parrot or parakeet to talk or perform tricks.
5. Draw and color a picture of Pepito.

Un loro para Navidad

HACE ALGÚN TIEMPO, un maestro iba en carro por el estado de Nayarit en México para estudiar los hermosos pájaros tropicales que hay por allá. Se bajó del coche y caminó por un sendero entre los árboles. Esperaba ver los pájaros bonitos de la selva. De repente se vio rodeado por una bandada de loros. El ruido que hacían casi no se podía aguantar. Era como estar rodeado por un arco iris volante, de muchos colores, azul, amarillo, y rojo.

Volaron los pájaros y el maestro siguió su camino hasta San Blas, un pueblito al lado de la costa del Pacífico. Se paró en un café pequeño. El dueño del café, Pablo Contreras, se vino a sentar a la mesa del maestro y el maestro le habló de los loros que había visto en la selva.

Pablo le dijo que esos loros eran de mucho valor para toda la gente de San Blas. De hecho, esos loros habían traído una Navidad muy feliz a los niños de San Blas el año anterior.

Luis Rendón era la envidia de todos los niños de San Blas porque tenía un loro que se llamaba Pepito. Toda la gente hablaba de Pepito. Seguía a su amo a dondequiera que fuera, colgado sobre el hombro de su dueño. El loro hasta iba a la escuela con él cada día. Mientras los niños estaban aprendiendo el ABC, el loro también lo estaba aprendiendo. Cuando Pepito recitaba el ABC, todos sonreían y aplaudían cuando caminaba Luis de la escuela cada tarde.

Dos días antes de la Navidad, hubo una tragedia muy triste. Cuando Luis regresaba de la escuela, pasó una bandada de loros. Fue demasiado para Pepito; dejó el hombro de Luis y se fue volando para juntarse con los pájaros que se le parecían.

Luis y todos los otros niños tenían el corazón quebrantado porque Pepito se había ido.

La temporada de Navidad no era tiempo para tener un corazón quebrantado. Pero los niños no se divertían porque estaban pensando en Pepito.

El maestro decidió ayudar a Luis y a todos los otros niños a encontrar a Pepito. Salieron todos juntos para la selva. Después de algunos minutos, encontraron a un hombre que estaba corriendo hacia ellos. El hombre estaba muy excitado y le preguntó al maestro si acaso le faltaban algunos de sus alumnos.

"No," contestó el maestro, "¿por qué me está preguntando esto?"

"Entonces, debe haber una nueva escuela allá en la selva, porque acabo de oír una clase entera de niños recitando el alfabeto." Todos se apuraron para llegar a la selva. Podían oír el alfabeto muy claramente ahora—"ABCDEF." De repente vieron algo muy extraño.

Por dondequiera, las ramas estaban llenas de loros. Y allí estaba Pepito, como un director de orquesta, enseñándoles a los otros pájaros a recitar el ABC.

Luis le llamó a Pepito. El loro se bajó y se paró sobre el hombro de su amo, sin esperar un momento siquiera, acariciándole los oídos para enseñarle lo contento que se sentía de estar con su amo de nuevo. Los otros loros, imitando a su nuevo líder, Pepito, se bajaron también. De repente cada niño tenía un loro todo suyo, como Luis.

Cuando los niños volvieron al pueblo tuvieron la mejor Navidad de toda su vida. Los niños cantaron canciones de Navidad y los loros cantaron la única canción que sabían, "ABCDEF."

Preguntas

1. ¿Dónde vivían los loros?
2. ¿Se puede enseñar a un loro a hablar?
3. ¿Qué aprendió Pepito en la escuela?
4. ¿Dónde encontraron a Pepito los niños?

Actividades

1. Encuentre el país de México y el estado de Nayarit en el mapa.
2. Encuentre las líneas que enseñan los trópicos del mundo.
3. Investigue los distintos tipos de loros y las áreas del mundo donde se encuentran.
4. Diga como se enseña a un loro a hablar o a hacer trucos.
5. Dibuje a Pepito y coloréelo.

Orlando the Circus Bear

AT THE LOCAL high school, during the weekly assembly, one of the students asked the principal, "Why did our school choose a bear for the mascot of the football team, when there is not a bear within a thousand miles of here?"

The principal answered, "Let me say first that the football team mascots don't always relate to the immediate environment. I know high schools that have the unicorn as their mascot . . . and unicorns are millions of years removed from us.

"Seriously, though, there is a true and lovely story behind our school choosing a bear as its mascot. It happened so long ago that most people have forgotten Orlando the Circus Bear. This was a brand new school then. It opened in September of that year. I remember, because I was a freshman then.

"There were classes as usual, that Wednesday morning in November, when a student happened to look through the window. He couldn't believe what he saw in the schoolyard. He rubbed his eyes to make sure he was not imagining things. But it was true! Down there in the schoolyard was a big bear playing basketball.

"'Teacher, teacher,' the student shouted, interrupting the class. 'Everybody, come and look at what's out here!'

"The news traveled fast. Before you knew it everybody in the school was at the windows, the students, the cooks in the kitchen, the principal and his secretaries, everybody was looking at the big bear. If the school had been a boat, it surely would have capsized, because everybody was on the same side.

"A boy had left a basketball in the yard after recess and the bear was putting on quite a show with it. He balanced the ball on his nose. He bounced it higher and higher on his nose and finally flipped the ball through the hoop. He walked gingerly on his hind legs, waving at the kids in the windows. He was a real showman, excuse me, a real show bear! It was evident that this was a well trained bear. He had not learned his tricks in the wilderness. He had to be a tame circus bear.

"With that in mind, the principal felt it would be safe to go out in the schoolyard and get acquainted with the bear. The animal seemed very happy to see him come out of the school. The bear came toward him with his head close to the ground, shaking his back from one side to another, just like a puppy that sees its master.

"As the principal and the bear got closer to one another, the animal sat down and offered his paw. The principal laughed and shook the bear's paw, patting him gently on the nose.

"At that moment the whole school emptied into the schoolyard; there was no containing the students. They all wanted to shake the bear's paw. The animal did not seem to mind the mob, the shouting, the excitement. Evidently he was accustomed to crowds.

"It was not long before everyone in town knew what was happening at the school. Soon the entire town, including reporters, was in the schoolyard. The midday news showed photos of the strange visitor with the caption, 'A friendly bear visits the local high school.'

"The news was of very special interest to Alonso Zapata, a man who was resting in a motel a short distance from the school. He recognized Orlando, the bear he had trained since he was a cub. He jumped in his pick-up without losing a moment, and hurriedly drove to the school.

"When Alonso walked into the schoolyard, the bear suddenly lost interest in the students. Orlando stood on his hind legs and went toward the man as if he was going to attack him. Alonso was not afraid in the least, he was smiling and opening his arms. The bear gave him a big 'bear hug' and seemed as happy as if he had found a lost relative.

"Alonso was repeating again and again, 'Orlando, Orlando, I'm so glad I found you.' By this time, the reporters were around Alonso Zapata asking him questions. 'Is that your bear?'

"'In a way, yes, I trained him since he was a cub. You see, Orlando and I belonged to the Reyes International Circus. A few months ago, the Circus was in dire need of money and Mr. Reyes sold Orlando to some people who wanted to start a circus of their own. They offered me a job; I accepted mainly because I wanted to be close to Orlando to make sure he would be well treated. It didn't work out well for either of us. They did not pay me my wages and they neglected to feed Orlando. They tied him in a cage at night. He was quite unhappy.

"'I decided to run away one night with Orlando. I untied him and opened the door to his cage. When I went back to put things in the pick-up, Orlando was gone. He was so anxious to get away from there he did not wait for me and took off through the woods. I couldn't call him for fear of waking everybody up. I lost him in the dark.'

"'Come on, Orlando,' he said then to the bear, 'Say goodbye to your friends, we're going home!' The bear waved at the crowd. He then jumped into the back of the truck, ready and happy to go home. The students had tears in their eyes as they waved goodbye to their friend, Orlando, the circus bear.

"'I tell you what I'll do,' said Alonso before getting into the cab of his truck. 'The Reyes International Circus is in Floresville; that's not far from here. I'll ask Mr. Reyes to bring his circus to the school and Orlando will give you a performance you'll never forget. And it will be free for all of you!'

"Two weeks later, there was great excitement at the high school. There were posters everywhere. The Reyes Circus was coming to town . . . the school's students were to be admitted free, compliments of Orlando!

"The trapeze artists, the acrobats, and the clowns pleased the audience, of course. But the star of the show was Orlando, without a doubt. He seemed to remember that these people had been kind to him and gave his best performance ever. There was one encore after another.

"And that is why," concluded the principal, "from that day on a bear was the mascot of our school football team."

Questions

1. Why were the children at the high School surprised to see a bear in the schoolyard?
2. Why did Alonzo Zapata let Orlando out of his cage at night?

Activities

1. Have you ever trained a pet to do tricks? If you have, draw a picture of your pet doing a trick. If you haven't, draw a picture of Orlando doing a trick.
2. Have you ever been to a circus? Draw a picture of your favorite circus animal or performer.

Orlando el oso de circo

EN LA ESCUELA secundaria del pueblo, durante la asamblea de cada semana, un estudiante le preguntó al director: "¿Por qué escogieron a un oso como mascota del equipo de fútbol de la escuela secundaria, cuando no hay un oso dentro de mil millas de este lugar?"

"Déjeme decir, en primer lugar," contestó el director de la escuela, "que los animales escogidos por los equipos de fútbol no representan siempre los animales del área. Sé de algunas escuelas secundarias que han escogido el unicornio como mascota y los unicornios están a un millón de años de nosotros.

"Pero, de veras, hay una historia verdadera y muy interesante en el caso de nuestra escuela y del oso que escogió representar el equipo de fútbol. Aquello aconteció hace tantísimo tiempo . . . treinta y seis años para ser exacto, que la mayor parte de la gente ya ha olvidado a Orlando el oso de circo. En aquel entonces era una escuela nueva. Se había abierto en septiembre de aquel año. Me acuerdo porque era mi primer año entonces.

"Teníamos clases como siempre aquella mañana del miércoles de noviembre de 1950. Un estudiante miró por la ventana por casualidad y no pudo creer lo que veía en el patio de la escuela.

Se frotó los ojos para asegurarse que no estaba imaginándose lo que estaba viendo. ¡Pero era verdad! Allá en el patio de la escuela, había un oso negro y grande y estaba jugando baloncesto.

"'¡Maestra, maestra!' gritó el estudiante, interrumpiendo la clase. '¡Vengan todos y miren lo que hay allá fuera!'

"A veces las noticias van muy de prisa. En un momento todos estaban en la ventana, los estudiantes, las cocineras, el director y sus secretarias, todos estaban mirando al oso. Si la escuela hubiera sido un barco se habría volteado por seguro porque toda la gente estaba en el mismo lado del cuarto.

"Un muchacho había dejado una pelota de baloncesto en el patio después del período de recreo y el oso parecía un jugador profesional con la pelota. Se la ponía sobre la nariz. La rebotaba más y más alto y finalmente la tiraba al cesto; no fallaba nunca.

"Andaba parado sobre las patas de atrás y saludaba a los estudiantes que estaban en la ventana. Parecía un verdadero artista. Era evidente que él era un oso bien entrenado, por supuesto que no había aprendido a jugar baloncesto en la selva. Tenía que ser un oso manso de algún circo.

"Convencido que no había ningún peligro, el director pensó que bien podía salir al patio e ir a saludar al oso. El animal pareció tener mucho gusto cuando vio al director salir de la escuela. El oso vino hacia el director como si quisiera jugar con él, como un perrito viniendo hacia su amo. Al llegar el oso cerca del director, se sentó y ofreció su pata al señor. El director se rió y le dio la mano al oso, acariciándole la nariz.

"En ese momento, se salieron todos los estudiantes, y no había manera de detenerlos; todos querían venir a saludar al oso y sacudirle la pata. El animal no pareció molestarse de ver tanta gente, de oír tanto ruido, y tantos gritos. Era evidente que él estaba acostumbrado a ver a mucha gente.

"Toda la gente en el pueblo llegó muy pronto a ver lo que estaba pasando en el patio de la escuela. Con la gente de la ciudad vinieron también los periodistas y los reporteros.

"Las noticias del mediodía enseñaron fotos del extraño visitante; al mismo tiempo el reportero decía: 'Un amistoso oso visita la escuela del pueblo.'

"Las noticias eran de interés muy especial para Alonso Zapata, un señor que estaba descansando en un motel cerca del pueblo. El reconoció a Orlando, el oso que había entrenado desde cachorro. Brincó en su camioneta sin perder un momento, y se apuró para llegar pronto a la escuela.

"Cuando Alonso entró en el patio, de repente el oso se olvidó que había niños alrededor de él. Se levantó sobre las patas traseras y vino tan de prisa hacia Alonso que los niños pensaban que lo iba a atacar. Alonso no tuvo nada de miedo, sonreía y abría sus brazos como para dar un abrazo. El oso, de hecho, le dio un fuerte abrazo y parecía tan contento como si acabara de volver a hallar a un pariente perdido.

"Alonso repetía una vez tras otra: 'Orlando, Orlando, tanto gusto que me da haberte hallado.'

"Ya para entonces los reporteros estaban cerca de Alonso, preguntándole lo que sabía del oso. '¿Es suyo el oso, señor?'

"'En cierto modo, sí; yo lo entrené desde que él era un cachorro. Orlando y yo pertenecíamos a un circo, llamado *Reyes International Circus.* Hace algunos meses, como el circo necesitaba dinero, el Sr. Reyes vendió a Orlando a algunas gentes que querían empezar un circo. Me ofrecieron trabajo. Acepté porque quería quedarme con Orlando para estar seguro que lo trataran bien. Pues la cosa no salió muy bien ni para Orlando ni para mí. No me pagaron el sueldo y no le daban de comer a Orlando. Lo ataban con un mecate durante la noche. No estaba él contento de ninguna manera. Una noche decidí huir junto con Orlando. Lo desaté y abrí la puerta de su jaula.

Mientras que estaba juntando mis cosas en la camioneta, Orlando tenía tantas ansias de escaparse que no me esperó. Se fue a la selva cercana. No lo podía llamar por no despertar a todos y lo perdí en la oscuridad.'

"'Bueno, Orlando,' le dijo al oso. 'Diles adiós a tus amiguitos; ya nos vamos para la casa.' Orlando saludó a todos. Brincó atrás de la camioneta, listo y feliz de ir para la casa. Los estudiantes tenían lágrimas en los ojos cuando le decían adiós a su amigo, Orlando, el oso de circo.

"'¿Saben lo que voy a hacer?' dijo Alonso antes de subirse a la camioneta. 'El *Reyes International Circus* está actuando a cien millas de aquí. Le voy a pedir al Sr. Flores que traiga el circo aquí y Orlando les enseñará realmente lo que puede hacer. Y será gratis para todos ustedes.'

"Dos semanas después, fue un gran día en el pueblo. Había rótulos dondequiera. El circo Reyes vino al pueblo y los estudiantes fueron los invitados especiales de Orlando. Los acróbatas, los payasos eran muy interesantes, por supuesto.

"Pero la verdadera estrella fue Orlando, sin duda alguna. Parecía recordar que todas esas gentes habían sido muy buenas con él y les enseñó todo lo que podía hacer. La gente no lo quería dejar ir; con sus aplausos lo llamaban una y otra vez.

"Y es por eso," dijo el director, "que desde aquel día un oso fue escogido como mascota del equipo de fútbol de la secundaria del pueblo."

Preguntas

1. ¿Por qué estaban sorprendidos los estudiantes de la secundaria que había un oso en el patio de la escuela?
2. ¿Por qué dejó Alonso que se saliera de la jaula Orlando por la noche?

Actividades

1. ¿Has entrenado un animal para que haga trucos? Si lo has hecho, dibuja el animal que entrenaste. Si no, dibuja a Orlando el oso.
2. ¿Has asistido a un circo? Dibuja tu animal favorito o al artista favorito del circo.

A Horse Called "Miracle"

IN THE SMALL town of Monte, the most beautiful horse belonged to a young boy named Tony Diaz. The name of the horse was Miracle. Why such an unusual name for a horse? Well, here is the story.

Tony's greatest wish all of his life had been to have his own horse, but his family was very poor.

"Do you know, Daddy, what I want most in the whole world?" Tony would ask.

"Yes, you have told me a thousand times already! You want a horse!"

"You'll see, someday I'll have a horse and it will be all mine. I won't need a beautiful saddle like the rich people . . . just the horse itself, and I won't ask for anything else."

Tony's father did not want to destroy his son's dreams, but he knew that there was very little hope Tony would ever have a horse. So his usual answer was, "Maybe, Tony; maybe someday, you never know . . . a miracle!"

One afternoon, as Tony's father was returning from town, he saw a man lying by the roadside. It looked as if he had hit his head on a stone. Blood covered his shirt and torn pants. Mr. Diaz picked him up, put him gently over his shoulder, and took him to his house. Tony's mother bandaged the man's wounds and put ice on his forehead. She gave him soup, and soon the man fell asleep.

After two days, the wounded man opened his eyes. At first, he could not remember who he was; but little by little as his strength came back, so did his memory. His name was don Manuel de la O, and he had come to town for a cattle sale. After he had finished his business, two men had attacked him and robbed him of his money.

Said don Manuel to Mr. and Mrs. Diaz, "If it had not been for you, I would surely have died."

"You're not out of danger yet," Mrs. Diaz said. "You're welcome to stay here for a few more days to regain your strength."

Don Manuel admitted that he was not strong enough to go anywhere yet. But he said he would like to get in touch with his family as soon as possible. He wrote a letter, and Tony took it to the nearest post office.

As the days went by, Tony and don Manuel became good friends.

Tony talked often about his dream horse. Tony would say, "Do you see, sir, the corral in the back of the house? That's where I am going to keep my horse."

Don Manuel would smile and pat Tony on the head.

"Do you see, sir, that field with the green grass? That's where my horse is going to graze!" And Tony would point to the foot of the mountain.

"Look, sir, that's the blacksmith's shop, where they are going to put horseshoes on my horse!" Tony declared another time.

During one of these conversations, don Manuel remarked, "Tony, do you know that your dad does not have enough money to buy you a horse? How are you going to get one?"

Tony remained thoughtful for a while and finally said, "I really don't know . . . but Dad says that someday . . . a miracle!"

By this time, don Manuel felt much better and was ready to travel. Sometimes, in the evening, he climbed the hill and looked toward the horizon as if he was waiting for someone.

Mr. Diaz had given don Manuel his best pair of pants and his Sunday shirt to replace the clothes that the thieves had torn.

A few days later, a big car arrived at Tony's house. Don Manuel told his friends that it was time for him to leave and he was very grateful for all that they had done for him. He called Mr. Diaz and said to him in a whisper, "You shared your food with me. You've given me your best clothes. I want to repay you for all you have done for me. It's not much; but please, accept this small gift."

Don Manuel presented to Mr. Diaz a small box that the chauffeur had brought. "Please accept this money. It's simply to show you my gratitude."

Mr. Diaz had never seen so many one hundred dollar bills in his life. He closed the box and returned it to don Manuel. He said, "Dear friend, I picked you up along the roadside because I had pity on you and because you needed me. Since then, we have become good friends. That's enough reward for me. I hope if someday I find myself in a situation like yours, there will be someone to help me."

Tony cried when he saw his friend go away, but don Manuel promised to come back as soon as he could.

Two months went by; spring came. Tony had not forgotten his friend, but now it did not hurt him anymore not to have him around.

One afternoon Tony and his mother decided to take some soup to a neighbor who was sick. While they were gone, don Manuel did come back. This time he was not the poor wounded man that Mr. Diaz had picked up along the road. He was in reality a very wealthy rancher. He wore a handsome riding outfit and rode a magnificent horse like those belonging to Arabian sheiks. He also had another horse with him, similar to the one he was riding.

He got off his horse and rushed to hug his friend, Mr. Diaz. Don Manuel said, "I have not forgotten all your kindness to me. When I left, you did not want to accept my gift of money. I understood, and I admired your attitude. This time, though, you cannot refuse me the opportunity of repaying you for all you've done for me!"

He pointed to the horse he had brought. "I know that you would not accept anything for yourself; so this gift is for my little friend, Tony. I brought him this black horse, one of the finest in my stable."

Mr. Diaz was so touched that he cried. "How can I refuse, don Manuel? This is a miracle sent from heaven. Tony would never have a horse, otherwise. His most cherished dream is now realized. Thank you very much."

"By the way," asked don Manuel, "where are your wife and Tony?"

"They went to visit a sick neighbor, but they should be back very soon."

"Let's put the horse right across your pathway and watch what happens when Tony sees him," don Manuel said. It was not long before Mrs. Diaz and Tony appeared.

Tony almost lost his breath when he saw the black horse. "Mama," he shouted, "this has to be the finest horse in the entire world! Look! It's an Arabian horse!" As he got closer to the horse, Tony could not believe his eyes.

"Look, Mama! I see my name written on the saddle! Mama, is it true? Could it be mine?"

At that moment, the two men came out of the house. Tony, who had never been so excited in all his life, ran toward don Manuel and jumped in his arms.

"Don Manuel, it's you that brought me this beautiful horse! He is mine, isn't he?"

"Yes, little friend, he's all yours; and I hope he will give you happiness for many years . . . as much happiness as I have in giving him to you!"

"A thousand times, thank you! And what's the horse's name?"

"He does not have one yet, Tony. It's up to the owner to name his horse."

"Then," answered Tony without a moment of hesitation, "I'll call him Miracle! Because that is what he is, a miracle!"

Questions

1. What did Tony keep dreaming about?
2. Why didn't Tony's father, Mr. Diaz, take the first gift don Manuel gave him?
3. What gift did don Manuel bring when he returned to the Diaz home?

Activities

1. Have you ever helped someone in need? Tell your class about your experience.
2. Look for pictures of different breeds of horses.
3. If you were going to be given a horse, which kind would you like to receive? Share your answer with the class.
4. Draw and color a picture of your favorite horse.

Un Caballo Llamado "Milagro"

EN EL PEQUEÑO pueblo de Monte, el caballo más hermoso pertenece a Tony Díaz, un muchacho de una familia pobre. El caballo se llama Milagro. Un nombre bastante extraño para un caballo, ¿verdad? Aquí está la historia de aquel famoso caballo.

Tony deseaba una cosa más que todo en este mundo: un caballo que fuera de él, su propio caballo.

"¿Sabes lo que quisiera tener más que cualquier cosa?" le preguntó Tony a su papá.

"¡Sí, ya me has dicho mil veces, quieres un caballo!"

"Vas a ver, papá, vas a ver! ¡Un día tendré un caballo y será todo mío! No voy a necesitar una silla bonita como tiene la gente rica . . . nada más el caballo; no voy a pedir nada más."

El papá de Tony no quería destruir el sueño del niño pero sabía muy bien que no había esperanza casi de que el niño consiguiera el caballo. Siempre contestaba lo mismo al niño: "Quizás, Tony, quizás; quizás algún día . . . un milagro . . ."

Una tarde, cuando el papá de Tony volvía a casa de la ciudad, vio a un señor echado al lado del camino. Parecía que el hombre se había pegado en la cabeza con una piedra. Había mucha sangre sobre su camisa y sobre su pantalón. El Sr. Díaz levantó al pobre hombre del suelo y con mucho cuidado se lo echó sobre el hombro. Se lo llevó a casa.

La mamá de Tony vendó las heridas del señor, le puso hielo sobre la cabeza, le dio caldito de pollo. Bien pronto, el pobre hombre empezó a dormir.

Después de dos días, el hombre herido abrió los ojos. Al principio, no podía ni siquiera recordar quién era; pero poco a poco su fuerza volvió, y empezó a recordar cosas. Su nombre era Manuel de la O y había venido a la ciudad a una venta de ganado. Al terminar su negocio, dos hombres lo atacaron y le robaron su dinero.

"Muy agradecido," Manuel les dijo al Sr. y a la Sra. Díaz. "Si no hubiera sido por ustedes, de seguro que me hubiera muerto al lado del camino."

"Todavía no está usted fuera de peligro," contestó la Sra. Díaz. "Es Ud. más que bienvenido a quedarse con nosotros, hasta que tenga todas sus fuerzas de nuevo."

Don Manuel admitió que no tenía bastante fuerza todavía para ir a ninguna parte. Pero dijo que quería comunicarse con su familia tan pronto como fuera posible. El señor escribió una carta que Tony llevó al correo más cercano.

Así pasaron los días, y Tony y el señor Manuel se hicieron muy buenos amigos. Tony hablaba muchas veces de su sueño favorito, el caballo.

"¿Ve, señor, el corral atrás de la casa? Es allá que voy a guardar mi caballo."

Don Manuel se sonreía pero por lo regular, no contestaba nada tocante el caballo.

"¿Ve, Sr., aquel campo con el pasto alto? Mi caballo va a tener mucho que comer, ¿verdad?" Tony le indicaba a don Manuel un campo al pie de la montaña. "Mire Sr., este es el taller del herrero; es allá que le van a poner herraduras a mi caballo."

Durante una de aquellas pláticas, don Manuel dijo: "Sabes muy bien que tu papá no tiene bastante dinero para comprarte un caballo. ¿Cómo crees que vas a conseguir uno?"

Tony se quedó pensando un rato y al fin contestó: "Realmente no sé pero mi papá dijo que quizás, un día, un milagro."

Ya para entonces, don Manuel se sentía mucho mejor y estaba listo para viajar. A veces, al bajar el sol, Manuel se subía encima de la loma y miraba hacia el horizonte; parecía que estaba esperando a alguien.

El papá de Tony le había dado a don Manuel su mejor par de pantalones y su camisa de domingo para reemplazar la ropa que le habían roto.

Algunos días más tarde, un carro grande llegó a la casa de Tony. Don Manuel dijo a sus amigos que ya debía irse y que quedaba muy agradecido de lo que habían hecho por él. Llamó al Sr. Díaz al lado y le dijo a la oreja, "Ya me han cuidado por dos semanas. Compartieron su comida conmigo. Ud. me ha dado su mejor ropa. Quiero pagarles por lo que han hecho por mí. Hágame el favor de aceptar este humilde regalo."

Don Manuel le dio al Sr. Díaz una caja pequeña que el chofer había traído. "Por favor, acepte este dinero. Es nada más para que vean que estoy muy agradecido."

El Sr. Díaz nunca había visto tantos billetes de cien pesos en toda su vida. Cerró la caja y se la devolvió a don Manuel. Y le dijo: "Querido amigo, le levanté a Ud. al lado del camino porque le tuve piedad. Desde entonces, nos hemos hecho buenos amigos. No necesito más recompensa de su parte que su amistad. Espero en Dios que si un día me encuentro en un apuro como usted se encontraba, que alguien tenga piedad de mí también."

Tony lloró cuando vio que su amigo se iba, pero don Manuel prometió volver tan pronto como fuera posible.

Pasaron dos meses; vino la primavera. Tony no había olvidado a su amigo pero ya no le dolía tanto no tenerlo cerca.

Una tarde que Tony y su mamá habían ido a llevar un caldito a un vecino enfermo, don Manuel volvió. Esta vez no era el pobre señor herido que el Sr. Díaz había levantado al lado del camino. Don Manuel era en realidad un ranchero rico. Llevaba un traje de montar bonito y montaba un caballo magnífico, como los que tienen los ricos árabes. También traía otro caballo muy parecido al que él montaba.

Don Manuel se bajó de su caballo y se apuró para darle un abrazo a su amigo, el Sr. Díaz. Dijo don Manuel, "No he olvidado todas las bondades que tuvieron para mí. Cuando me fui, Ud. no aceptó mi de dinero regalo. Le entendí y le admiré a Ud. por ser tan noble. Esta vez, sin embargo, Ud. no puede negarme la oportunidad de recompensarlos por lo que han hecho por mí." Apuntando al otro caballo que había traído, dijo: "Sé que usted no aceptaría nada para sí mismo, pero este es un regalo para mi amiguito, Tony. Le he traído este caballo negro, uno de los mejores de mi establo."

El Sr. Díaz se quedó tan sorprendido y contento que se puso a llorar. "¿Cómo puedo negar su regalo, don Manuel? Esto es un milagro del cielo. Tony nunca alcanzaría a tener un caballo, si no fuera por usted. Ud. sabe que no sueña con otra cosa. ¡Mil gracias!

"A propósito," preguntó Manuel, "¿dónde están su esposa y Tony?"

"Fueron a visitar a un amigo enfermo. No van a tardar en volver."

"Vamos a colocar el caballo en el sendero y nos vamos a fijar en Tony cuando vea el caballo." Pronto vieron a la señora y a Tony que volvían.

Tony casi ni podía hablar cuando vio el caballo negro.

"Mamá," gritó él, "¡tiene que ser el caballo más fino de todo el mundo! ¡Mira! ¡Es un caballo árabe!" Tony se acercó más al caballo. No podía creer lo que sus ojos veían. "¡Mira, mamá! Veo mi nombre escrito sobre la silla. ¿Será mío el caballo?"

En ese momento, los dos señores salieron de la casa. Tony nunca había estado tan emocionado en toda su vida y corrió hacia don Manuel y le brincó en los brazos. "¡Don Manuel, es usted quien me trajo este hermoso caballo! Es mío, ¿verdad?"

"Sí, amiguito, es tuyo, todo tuyo. Espero que te dé muchos años de felicidad, tanta felicidad como la que tuve en dártelo."

"¡Mil gracias! Y ¿cómo se llama el caballo?"

"No tiene nombre todavía, Tony. Le toca al dueño del caballo darle un nombre."

"Entonces," dijo Tony sin esperar un momento, "lo voy a nombrar Milagro, porque es realmente lo que es, un Milagro."

Preguntas

1. ¿Cuál era el sueño de Tony?
2. ¿Por qué no aceptó el señor Díaz, el papá de Tony, el primer regalo que don Manuel le quería dar?
3. ¿Qué regalo trajo Don Manuel cuando regresó a la casa de los Díaz?

Actividades

1. ¿Has ayudado a alguien que estaba necesitado? Dile a la clase tu experiencia.
2. Busquen retratos de distintos tipos de caballos.
3. Si te fueran a regalar un caballo, ¿qué tipo te gustaría? Explícale a la clase porque te gustaría ese cierto tipo.
4. Dibuja y colorea tu caballo favorito.